What men live by

사람은 무엇으로 사는가

초판 1쇄 인쇄 2021년 11월 22일
초판 1쇄 발행 2021년 11월 26일

지은이 레프 톨스토이
옮긴이 최종옥

펴낸이 이춘원 **펴낸곳** 노마드
기획 강영길 **편집** 이경미
디자인 블루 **마케팅** 강영길

주소 경기도 고양시 일산동구 무궁화로120번길 40-14
전화 031-911-8017 **팩스** 031-911-8018
이메일 bookvillagekr@hanmail.net
등록일 2005년 4월 20일 **등록번호** 제2014-000023호
ISBN 979-11-86288-52-8 (00890) 비매품

사람은
무엇으로
사는가

What men live by

레프 톨스토이 지음
최종옥 옮김

노마드

차례

사람은 무엇으로 사는가

시몬이라 불리는 한 구두장이가 아내와 자식을 데리고 어떤 농가에 세 들어 살고 있었다. 그는 집도 땅도 없었으며, 구두를 만들고 고치고 하여 자신과 가족을 부양했다. 그에게는 아내와 함께 입는 양피 외투가 하나 있었는데, 그것도 다 해져 누더기가 될 지경이어서 그는 새 외투를 위한 양피를 사려고 2년 동안이나 착실하게 저축을 해왔다. 가을이 되자 그가 저축한 돈도 어느새 늘어나 있었다. 3루블짜리 지폐가 아내의 상자에 있었고 고객들로

부터 5루블 20코페이카를 더 받게 되어 있었다.

어느 날 아침 시몬은 새 양피를 사기 위해 마을에 갈 채비를 했다. 그는 셔츠 위에다 솜을 두른 아내의 무명 재킷을 입고 그 위에 모직 외투를 걸쳤다. 아침 식사를 마친 뒤, 그는 지폐 3루블을 호주머니에 넣고 지팡이로 사용하려고 꺾은 나뭇가지를 들고는 길을 떠났다. '농부한테서 5루블을 받을 거니까 이 3루블과 그 돈으로 겨울 외투용 양피를 충분히 살 수 있을 거야.' 그는 그렇게 생각하며 가벼운 걸음으로 마을로 향했다.

구두장이는 마을에 도착해서 한 농부의 집으로 갔다. 그러나 농부는 집에 없었다. 농부의 아내가 다음 주에 남편 편에 돈을 보내겠다고 약속만 할 뿐이었다. 그리고 돈은 주지 않았다. 시몬은 할 수 없이 포기하고 다른 농부에게로 갔다. 그러나 그도 마찬가지로 돈이 전혀 없다고 말하면서 장화를 고친 값 20코페이카만 주었다.

결국 고객들에게 돈을 받지 못한 시몬은 외상으로라도 양피를 사야겠다고 마음먹고 가죽 가게로 갔다. 그러나 가죽 장수는 외상으로 팔기를 거절했다. 그리고 이렇게 잘라 말했다.

"돈을 가지고 와요. 외상으로는 안 돼요. 외상을 받아내기가 얼마나 어려운지 우린 알고 있거든요."

결국 시몬이 얻은 것이라곤 장화를 고친 값 20코페이카를 받고 한 농부에게서 낡은 펠트 장화에 가죽을 대어 수선하는 일이 전부였다. 그는 속이 상해서 20코페이카를 몽땅 털어 보드카를 마시고 집으로 향했다. 아침에는 추위를 느꼈지만 보드카를 마신 지금은 양피 외투가 없어도 아주 따뜻했다.

시몬은 한쪽 손에 든 지팡이로 언 땅을 두드리고 다른 손에 펠트 장화를 흔들면서 길을 걷는 내내 혼잣말을 했다.

"양피 외투가 없어도 따뜻하군. 딱 한 잔을 마셨는데도 혈관 속으로 고동치고 있군. 양피 외투 따원 필요 없어. 걸으면서 속상한 마음은 다 잊어버렸어. 난 이런 사람이라구. 내가 무얼 걱정하겠어? 마누라가 낙담할 것이 좀 개운치 않긴 하지만. 양피 외투를 구하기 위해 그렇게 열심히 일해 왔는데 지금 그것을 구할 수 없다고 생각하니 그것도 그리 유쾌하지는 않아. 기다리라구! 너 이번에 돈을 가져오지 않으면 껍질을 벗길 거야. 암, 내 그렇게 하구말구! 근데 도대체 어떻게 된 거야! 한 번에 20코페이카씩 찔끔찔끔 주다니! 20코페이카로 대체 뭘 할 수 있단 말인가? 술을 마시는 게 고작 아냐! 그치들은 곤란하다고 했지만, 그래 나는 곤란하지 않은 줄 아나? 그들한테는 집도 있고 소도 있고 모든 게 있지만 나는 손밖에 가진 게 없다구. 그네들은 곡식을 재배하지만 나는 사서 먹는단 말이야. 일주일에 빵값만 해도 3루블은 치러야 돼. 집에 돌아가면 빵이 없을 테니 또 1루블 반은 내주어야 해. 그러니까 내게 빚진 돈을 빨리 갚아줘야겠어."

그렇게 혼자 투덜거리며 걸어가던 시몬은 이윽고 사거리에 있는 예배당에 도착했다. 그런데 예배당 뒤에 무언가 허연 것이 보였다. 이미 땅거미가 지고 있어서 아무리 눈을 크게 뜨고 보아도 그 물체가 무엇인지 알아볼 수가 없었다. 그는 제자리에 서서 혼잣말로 중얼거렸다.

"저곳에 돌 같은 것은 없었지. 소인가? 그런데 소 같지는 않아. 머리는 사람 같지만 너무 하얗군. 그리고 사람이 이런 데 있을 리가 없지."

그는 좀 더 가까이 다가갔다. 그때서야 물체가 똑똑히 보였다. 그런데 이게 웬일인가! 그 허연 물체는 사람이었다. 살았는지 죽었는지 알몸으로 교회 벽에 기대고 앉아 미동도 없었다. 시몬은 소스라치게 놀랐다. 그의 머릿속에 한 가지 생각이 스쳤다.

'어떤 자가 이 사나이를 죽이고 옷을 벗겨 저기다 내버린 모양이지. 다가갔다가는 괜히 변을 당할지도 몰라. 모른 척하고 빨리 집으로 가자.'

그는 서둘러 길을 갔다. 교회를 한참 지나쳐 더는 그 사나이를 볼 수 없을 만큼 상당히 멀어진 다음에야 뒤를 돌아다보았다. 그런데 그 사나이가 교회 벽에서 떨어져 움직이고 있는데다, 심지어 자기를 쳐다보는 것이 아닌가. 시몬은 더럭 겁이 났다.

'가까이 가볼까, 그냥 지나쳐 갈까? 혹시 갔다가 불쾌한 일이 일어날지도 모르잖아. 저 사람이 누군지 알 게 뭐야? 좋은 일을 하려고 이런 데 왔을 리가 없어. 어쩌면 가까이 덤벼들어 내 목을 조를지도 몰라. 그러면 나는 도망칠 수도 없어. 설령 목을 조르지 않더라도 내가 왜 그 사람과 아는 사이가 되려고 하지? 저 벌거숭이 사나이를 어쩐다지? 난 그를 데려갈 수도 없고 내 옷을 벗어줄 수도 없어! 그건 어리석은 짓이야.'

한참 생각을 하고 나서 시몬은 다시 발길을 재촉했다. 그런데 예배당으로부터 어느 정도 멀어졌을 때, 문득 멈춰 섰다. 양심의 가책이 느껴진 까닭이었다. 시몬은 스스로에게 물었다.

'도대체 너는 뭘 하는 거냐. 시몬? 한 사람이 추위로 죽어가고 있는데 넌 겁을 집어먹고 급히 지나치고 있구나! 네가 뭐 그렇게 부자라고 돈을 빼앗길까 겁이 나느냐? 아, 시몬! 그건 좋지 않은 일이야!'

시몬은 걸음을 돌려 사나이에게 다가갔다.

시몬은 다가가 사나이를 살펴보았다. 그가 혈기왕성한 젊은이라는 것을 알 수 있었다. 눈에 띄는 상처는 없었지만, 몸이 꽁꽁 얼어서 공포에 떨고 있었다. 그는 등을 기댄 채 거기 앉아서, 시몬을 쳐다보지도 않았다. 쇠약해질 대로 쇠약해져 눈을 뜰 수도 없는 것 같았다.

시몬이 가까이 가자 갑자기 사나이는 그제야 정신이 든 듯 머리를 들고 시몬을 바라보았다. 사나이의 그 시선이 시몬의 동정심을 불러일으켰음은 물론이다. 시몬은 들고 있던 펠트화를 땅바닥에 내

동댕이치고 허리띠를 끌러 펠트화 위에 놓은 다음 외투를 벗었다. 그리고 이렇게 소리쳤다.

"어서 이걸 입어요! 자!"

시몬은 사나이의 팔꿈치 아래로 손을 넣어 그를 일으키려 했다.

사나이가 일어섰을 때 시몬은 그의 몸이 우아하고 깨끗했으며, 손과 발은 거칠지 않았고 귀여운 얼굴을 하고 있음을 보았다. 시몬은 외투를 그의 어깨에 걸쳤다. 사나이가 스스로 팔을 소매 속으로 끼지 못해 시몬이 그의 두 팔을 끼워주고 외투를 잡아당겨 둘러준 다음 허리띠를 매주었다. 시몬은 헌모자를 벗어 그에게 씌워주려다가 자신의 머리가 썰렁하여 잠시 이런 생각을 했다.

'내 머리는 대머리지만 이 자는 긴 고수머리잖아.'

그래서 그는 모자를 다시 썼다. 그리고 모자 대신 신발을 신겨주는 게 좋겠다고 생각한 끝에 그를 앉혀 펠트화를 신긴 다음 말했다.

"됐어. 자, 좀 움직여 보게. 몸이 녹을 거야. 다른 일은 나중에 처리할 수 있겠지. 걸을 수 있겠나?"

사나이는 일어서서 다정스럽게 시몬을 바라보았으나 아무런 말도 하지 않았다.

"왜 말을 하지 않나? 여기 머물러 있기에는 날씨가 너무 추워. 추위를 피할 데로 가야겠네. 자, 그렇게 힘들지 않으면 내 지팡이에 기대. 자, 걸어 봐!"

그러자 사나이는 움직이기 시작했다. 그는 잘 걸었으며 뒤떨어지지 않았다. 길을 걸어가며 시몬이 말했다.

"자네, 대체 어디서 왔나?"

"나는 이 고장 사람이 아닙니다."

"그렇지. 이 고장 사람이라면 내가 다 알지. 어떻게 이곳에 와서 그 교회에 도착하게 됐나?"

"그건 말씀드릴 수가 없어요."

"틀림없이 누군가가 자네를 심하게 다뤘지?"

"아무도 나를 심하게 다루지 않았어요. 신이 나에

게 벌을 주었지요."

"신은 만사를 주관하시지. 하지만 어디론가 가고 있었던 게 아닌가? 자네 어디로 갈 건가?"

"어디든 마찬가지입니다."

시몬은 좀 놀랐다. 사나이는 불한당 같지도 않고 말씨도 공손한데 자신에 대해서는 말을 삼가는 것 같았다. 그래서 시몬은 속으로 '그에게 무슨 일이 있었는지 누가 알겠어?' 하고 생각하고는 사나이에게 말했다.

"누추한 곳이지만 우리 집으로 가지."

시몬은 집을 향해 걸었고, 낯선 사나이는 뒤처지지 않고 그와 나란히 걸었다. 찬바람이 일어 시몬의 셔츠 밑으로 스며들었고, 술기운이 사라지자 뼛속까지 시려오기 시작했다. 콧물마저 흐르기 시작해 빌려 입은 아내의 재킷을 더 단단히 여몄다. 그러면서 생각했다.

'아니, 이건 어떻게 된 일이람! 양피 외투를 마련

하러 갔다가 등에 걸친 외투조차 없이 집으로 가다니! 설상가상으로 벌거숭이 사나이를 집으로 데려가고 있다니. 마트료나가 야단일 텐데!'

아내 마트료나를 생각하자 그는 마음이 우울해졌다. 그러나 낯선 사나이를 쳐다보고, 그가 자기를 쳐다보았던 시선을 기억해내자 다시 마음이 유쾌해졌다.

시몬의 아내는 일찌감치 오늘 하루 치 일을 마쳤다. 장작을 팼고 물을 길었고 아이들에게 저녁을 먹였으며 자신도 저녁을 먹은 다음, 지금은 빵 만드는 것을 오늘 할까 다음에 할까, 하는 생각에 잠겨 있었다.

아직 커다란 빵 한 조각이 남아 있었다. 그녀는 생각했다.

'시몬이 읍내에서 뭔가를 먹었다면 저녁을 그리 많이 먹진 않겠지. 그렇게 되면 빵은 내일까지 먹

을 수 있을 거야.'

마트료나는 잠시 동안 빵 조각을 응시하고는 혼잣말을 했다.

"빵은 만들지 않을 거야. 빵을 한 덩어리 더 만들 만큼 충분한 밀가루가 있으니까. 우린 금요일까지 지낼 수 있을 거야."

마트료나는 빵을 치우고 테이블에 앉아 남편의 셔츠를 기웠다. 일을 하면서 그녀는 남편이 겨울 외투용 양피를 어떻게 해서 샀을까를 생각했다.

'모피 장수가 그를 속이지 않았으면 좋을 텐데. 워낙 순진한 사람이니까. 그이는 남을 속이지 못하겠지만 아기라도 그를 속일 수 있을 테니 말이야. 8루블은 적은 돈이 아냐. 그 돈이면 좋은 양피를 살 수 있어. 비록 다림질한 것은 아니라 해도 좋은 것을 살 수 있어. 작년 겨울에는 양피 외투가 없어서 얼마나 고생을 했나! 강엘 갈 수 없었고 또한 아무 데도 갈 수 없었지! 그리고 그이는 나갈 때마다 옷이

란 옷은 모조리 입어서 난 입을 것이 없었지. 그이가 늦는군. 지금쯤이면 집에 돌아와야 하는데. 술에 취하지 않았으면 좋을 텐데…….'

이런 생각들이 그녀의 머리를 스치는 바로 그 순간, 층층대가 삐걱거리고 누군가가 문가로 다가오는 소리가 들려왔다.

마트료나는 얼른 바늘겨레에 바늘을 꽂고 입구로 나갔다. 거기서 그녀는 두 사나이가 들어오는 것—시몬과 그 옆에 모자도 안 쓰고 펠트화를 신은 낯선 농부—을 보았다. 그리고 남편에게 술 냄새가 나는 것을 알아차리고는 '어리석게도 술을 마셔댔군.' 하고 생각했다.

그가 외투를 입지 않고 그녀로부터 빌린 재킷만을 입었으며, 손에 아무것도 들지 않은 채 바보 같은 웃음만을 짓고 있는 것을 보자 마트료나는 그만 풀이 죽었다.

'그 돈으로 몽땅 마셔버렸군. 한술 더 떠서 주정뱅

이까지 집으로 데려왔구먼!'

마트료나는 이렇게 속으로 투덜거리며 그들이 그녀의 옆을 지나 집 안으로 들어가게 했다. 그러고 나서 뒤따라 들어갔다. 그녀는 낯선 사람이 젊다는 것과, 그가 그들 부부의 외투를 빌려 입었다는 것을 알았다. 외투 속에는 셔츠를 입지도 않고 모자도 쓰지 않고 있었다.

안으로 들어서자 그 사나이는 가만히 멈춘 채 움직이지도 않고 눈을 쳐들지도 않았다. 그래서 마트료나는 '착한 사람이 아니라서 양심에 찔리고 있군.' 하고 생각했다.

마트료나는 얼굴을 찌푸리고 난로 쪽으로 가서 두 사람의 거동을 살폈다.

시몬은 모자를 벗고 태연하게 걸상에 앉고는 아내에게 말했다.

"여보, 마트료나. 먹을 것 좀 차려야지?"

마트료나는 낮은 목소리로 무언가 중얼거렸다.

그녀는 움직이려고 하지 않고, 난로 가에 선 채 두 사람을 번갈아 쳐다보며 머리를 갸웃거렸다.

시몬은 그의 마누라가 화가 나서 아무것도 하지 않으려 한다는 것을 알았지만 모른 체하고 낯선 사나이의 팔을 잡았다. 그리고 그에게 말했다.

"이봐, 앉게나. 저녁을 먹어야지."

낯선 사나이는 천천히 걸상에 앉았다.

"그래, 아무것도 마련하지 않았어?"

시몬이 다시 아내에게 말했다. 그러자 화가 난 마트료나는 퉁명스런 말투로 이렇게 대꾸했다.

"하긴 했지만 당신을 위해서가 아니에요. 당신은 염치없는 사람이군요. 양피를 마련하러 간다더니 입고 간 외투마저 없애고 집으로 왔잖아요. 게다가 이 벌거벗은 건달을 집으로 데려왔구요. 당신네들 주정뱅이에게 줄 저녁은 없다구요!"

"그만둬, 마트료나. 그런 식으로 함부로 말하면 어떻게 해? 먼저 '어떤 사람인가'를 물어야지."

"돈을 어떻게 했는지나 바른대로 말해요!"

시몬은 그의 외투가 놓여 있는 데로 다가가 주머니에서 돈을 꺼내서는 테이블 위에 펼쳐놓았다.

"여기 돈 있잖아. 하지만 트리포노프가 돈을 갚지 않더군. 대신 내일 주겠다고 약속했어."

마트료나는 더욱더 화가 났다.

"새 양피를 사지도 않고 하나밖에 없는 외투를 이 벌거벗은 건달에게 건네주고는 심지어 집으로 끌고 오다니!"

마트료나는 테이블 위의 돈을 움켜쥐고 그것을 감추어 두러 나가면서 말했다.

"저녁은 없어요. 당신이 데려오는 주정뱅이 거지들을 죄다 먹일 수는 없어요!"

"여보! 마트료나, 말 좀 조심해요! 그리고 어떻게 된 일인지 우선 내 말 좀 들어보라니까……."

"주정뱅이에게서 내가 무슨 말을 들어야 한다는 거예요! 난 정말 당신 같은 술꾼하고는 결혼하고 실지 않았어요. 어머니가 내게 주신 피륙도 당신이 술값으로 없앴잖아요. 양피를 사러 간다더니 그 돈마저 다 술 마시는 데 써버리고 오다니."

시몬은 아내에게 자신이 술값에 쓴 돈은 고작 20코페이카뿐이라는 것을 납득시키고 그 사나이를 어디서 만났는지를 말하려 했으나, 마트료나가 그에게 말할 기회를 주지 않았다. 놀랍게도 그녀는 한 번에 두 마디씩 지껄여댔다. 심지어는 10년 전에 일어난 일들까지 모두 들춰냈다.

마트료나는 마구 욕설을 퍼붓고는 시몬에게로 뛰어와 그의 옷소매를 잡아당겼다.

"내 재킷을 돌려줘요! 하나밖에 없는 재킷인데 그것을 뺏어 입다니. 이리 줘요. 못된 개 같으니! 뒈져버리기나 하지!"

시몬은 재킷을 벗기 시작했다. 그가 소매에서 팔을 빼려고 할 때, 마누라가 재킷을 힘껏 잡아당겨 꿰맨 자리가 뜯겨나갔다.

마트료나는 재킷을 빼앗아 머리 위에 걸치고 문께로 갔다. 그리고 나가버리려다가 멈춰 섰다. 순간 그녀의 마음은 양쪽으로 쏠리고 있었다. 화풀이를 하고 싶기도 했지만, 한편 이 낯선 사나이가 누구인지 알고 싶기도 했다.

마트료나는 발길을 멈추고 말했다.

"온전한 사람이라면 벌거숭이로 있을 리가 없어요. 이런 추운 때에 셔츠도 안 입다니. 그 사람이 괜찮은 일을 하는 사람이라면 당신이 그렇게 품위 있는 친구를 어디서 만났는지 말할 수 있을 거예요!"

"내 말 하려고 했지 않소. 내가 길을 걷고 있는데 교회 뒤에 이 사람이 알몸으로 반쯤 얼어 죽은 채 앉아 있었소. 글쎄, 여름도 아닌데 벌거숭이라니! 신이 나를 그에게로 데려왔으니 망정이지 그렇지 않았으면 그는 죽었을 거요. 그러니 내가 어쩌겠소! 그에게 무슨 일이 일어났을지 우리가 어찌 알겠소? 그래서 내가 옷을 입혀서 집으로 데려왔지.

그렇게 화내지 말아요. 그건 죄악이오. 마트료나, 우리 모두가 언젠가는 죽는다는 걸 생각해야지 않겠소?"

마트료나는 부루퉁한 얼굴로 뭐라고 대답하려 했지만 시선이 낯선 사나이에게 머물자 그녀는 침묵을 지켰다.

낯선 사나이는 집에 들어와서 앉았던 그대로 그 걸상 끝에 앉은 채 꼼짝도 하지 않았다. 손을 무릎 위에 포개놓고 머리를 가슴에 떨어뜨린 채 눈을 감고 고통스러운 듯 눈살을 찌푸리고 있었다.

시몬은 계속해서 말을 했다.

"마트료나, 당신에겐 하나님이 없단 말이오?"

마트료나는 그 말을 듣고 다시 한번 낯선 사나이를 쳐다보자, 갑자기 노여움이 사라지는 것을 느꼈다. 그녀는 문에서 발길을 돌려 난로가 있는 구석으로 가서 저녁을 가져왔다.

그녀는 탁자 위에 주발을 놓고 크바스를 좀 따랐

으며, 남은 빵을 꺼내왔다. 그리고 그들에게 나이프와 스푼을 주면서 말했다.

"식사 좀 하세요."

시몬은 낯선 사나이를 툭 건드리며 말했다.

"이리 와요, 젊은이."

시몬은 빵을 잘라서 주발에다가 가루로 만들었고, 그들은 저녁을 먹기 시작했다.

마트료나는 테이블 가에 앉아 손으로 턱을 괸 채 낯선 사나이를 물끄러미 바라보았다. 그러자 그에게 미안한 생각이 들었고 마음속에 연민의 정이 생기는 것을 느꼈다.

그러자 갑자기 낯선 사나이는 명랑해져서 찡그렸던 눈썹을 펴고 마트료나 쪽으로 눈을 들어 싱긋 웃었다.

식사를 모두 마친 뒤, 마트료나는 식기를 치우고 낯선 사나이에게 질문을 해대기 시작했다.

"어디 출신이에요?"

"저는 이 고장 사람이 아닙니다."

"어떻게 이 길로 오게 되었죠?"

"그건 말할 수 없습니다."

"누군가가 당신을 강탈했나요?"

"하나님이 저를 벌주었습니다."

"그래서 벌거벗은 채 거기 누워 있었던 거예요?"

"네, 저는 그곳에 알몸으로 누워서 얼어 죽어가고 있었죠. 그때 시몬이 저를 보고 가엾게 여겨 외투를 벗어 저에게 입히고 집으로 같이 가자고 했지요. 그리고 이곳에서 당신께서 저를 먹여주고, 먹고 마실 것을 주었으며, 저를 불쌍히 여겼지요. 당신들에게 신의 은총이 내리시길!"

마트료나는 일어나서, 기워놓았던 시몬의 낡은 셔츠를 창문에서 가져다가 낯선 사나이에게 주었다. 그리고 잠방이 한 벌을 찾아서 그것도 역시 그에게 주며 말했다.

"여기 있어요. 당신은 셔츠도 입지 않았잖아요.

이걸 입고 어디든 마음에 드는 자리에 누워요. 다락방이든 난로 근처든."

낯선 사나이는 외투를 벗고 셔츠를 입은 다음 다락방의 침대로 갔다. 마트료나는 불을 끄고 외투를 집어 남편 옆에 누웠다.

마트료나는 외투 자락을 덮었으나 잠에는 들지 않은 채 누워 있었다. 낯선 사나이에 대한 생각이 마음에서 떠나질 않았던 것이다. 그가 남은 빵 조각을 먹어버려 내일 먹을 빵이 없다는 것을 생각하고, 셔츠와 잠방이를 그에게 주었다는 것을 생각하자 그녀는 불안해졌다. 그러나 그가 그녀를 향해 웃었던 것을 생각하자 가슴이 뛰었다.

마트료나는 오래도록 잠을 이루지 못했다. 그녀는 시몬도 마찬가지로 깨어 있다는 것을 알고 그에게 말을 걸었다.

"시몬! 두 분이 남은 빵을 다 먹어버렸고 난 반죽을 해두지 않았어요. 우린 내일 어떻게 지낸담. 이

옷 마라나에게 좀 꿔야 할 것 같은데."

"우린 지낼 수 있을 거야. 충분히 갖게 될걸."

마트료나는 말없이 누워 있다가, 조금 뒤에 남편에게 말했다.

"그런데 저 사람은 착한 사람인 것 같아요. 하지만 왜 우리에게 신상 얘기를 하지 않을까요?"

"말 못 할 사정이 있겠지."

"시몬!"

"음?"

"우린 항상 베푸는데 왜 남은 우리에게 베풀지 않을까요?"

시몬은 그 말에 무어라 대답해야 할지 좀처럼 알 수 없었다. 그래서 "말이 많군!" 하고 돌아누워 잠이 들었다.

아침에 시몬은 일찌감치 잠이 깨었다. 그의 아이들은 아직 자고 있었으며, 마트료나는 이웃집에 빵을 좀 꾸러 갔다. 어제저녁의 그 낯선 사나이는 낡은 셔츠와 잠방이를 입은 채 걸상에 혼자 앉아 위를 보고 있었다. 그의 얼굴은 어제저녁 본 것보다 밝았다. 그래서 시몬은 말했다.

"여보게 친구, 배에서는 빵을 요구하고 알몸뚱이는 옷을 원하네. 자넨 자네 밥벌이를 해야 하네. 자네 무슨 일을 할 줄 아나?"

"제가 할 줄 아는 것은 아무것도 없습니다."

시몬은 놀라서 말했다.

"마음만 있으면 뭐든지 배울 수 있어."

"사람들이 일을 하는데 저도 일을 해야지요."

"자네 이름이 뭐지?"

"미하일입니다."

"미하일, 자네가 신상 얘기를 하기 싫다면 그건 내가 알 바 아니야. 하지만 자넨 밥벌이를 해야만 해. 내가 가르쳐주는 일을 잘 해낸다면 자네를 먹여주고 돌봐주지."

"당신에게 하나님의 은총이 있길! 저는 기꺼이 배

울 겁니다. 제게 가르쳐주기만 하십시오."

시몬은 실을 집어 손가락 사이로 빼내 그것을 꼬는 법을 그에게 가르쳤다.

"그다지 어려운 건 아냐. 보라구……."

미하일은 들여다보더니, 손가락 사이로 실을 꼬았다. 그는 시몬을 즉시 따라했고 금방 요령을 터득했다.

시몬은 그에게 실에 초를 칠하는 법을 가르쳤다. 이것 역시 미하일은 즉시 이해했다. 시몬은 또다시 실에 억센 털을 감는 법과 송곳 사용법을 가르쳤고, 미하일은 이 일을 또한 금방 배웠다.

시몬이 어떤 일을 가르쳐주어도 미하일은 그를 잘 따라했고, 이틀 후에 그는 지금까지 줄곧 구두장이였던 것처럼 능숙하게 일을 할 수 있었다. 그는 쉬지 않고 일을 했고, 식사는 조금 했으며, 일을 마쳤을 때에는 위를 쳐다보며 조용히 앉아 있곤 했다. 또 좀처럼 거리로 나가지 않았으며, 정말로 필요한 말 이외에는 하지 않았고, 농담도 않고 웃지도 않았다. 그가 웃었던 유일한 때는 마트료나가 그에게 식사를 내준 첫날 저녁이었을 뿐이다.

하루하루가 지나가고 일주일 이 주일이 지나고 어느새 1년이라는 세월이 흘렀다. 미하일은 여전히 시몬을 위해 일하면서 살아갔다. 시몬의 견습공에 대한 소문은 온 마을에 널리 퍼졌다. 견습공 미하일만큼 모양 좋고 튼튼한 구두를 만들 수 있는 사람은 없다는 소문이 자자했다. 그래서 도처에서 사람들이 구두를 주문하기 위해 시몬에게 왔고, 시몬은 조금씩 돈을 모으기 시작했다.

어느 겨울, 시몬과 미하일이 일터에 있는데 삼두마차가 방울 소리를 내며 오두막집으로 다가왔다.

창밖을 내다보니, 마차는 오두막 앞에 멈춰 섰다. 마부가 마부석에서 뛰어내려 문을 열었다. 그러자 모피 외투를 입은 한 신사가 마차에서 내려 시몬의 집으로 다가와서 층계를 올라왔다. 마트료나는 서둘러 문을 열었다.

신사가 머리를 숙이고 오두막집으로 들어왔다. 그가 허리를 쭉 펴고 섰을 때, 그의 머리는 거의 천장에 닿을 지경이었고, 방 전체를 거의 다 차지하는 것처럼 보였다.

시몬은 일어서서 인사를 했다. 그는 그 신사를 보고 깜짝 놀랐다. 이제까지 이런 사람을 보지 못한 까닭이었다.

시몬은 여위었고, 미하일은 홀쭉했으며, 마트료나는 마른 나뭇가지 같았다. 그러나 이 신사는 마치 딴 세상에서 온 사람 같았다. 그의 얼굴은 불그스레하고 풍만했으며 목은 소의 목 같았다. 그래서 마치 무쇠로 만들어진 것처럼 보였다.

신사는 헐떡거리며 모피 외투를 벗고 걸상에 앉았다. 그러곤 말했다.

"구둣방 주인이 누군가?"

"전데요, 나리."

시몬이 나서며 말했다. 그러자 신사는 그의 마부에게 가죽을 하나 가져오라 소리쳤다.

마부가 달려 나가서 꾸러미 하나를 가지고 왔다. 신사는 꾸러미를 받아 테이블 위에 놓으며 말했다.

"끌러라."

마부가 재빨리 그것을 끌렀다. 신사는 손가락으로 가죽을 만지며 시몬에게 말했다.

"여보게, 구두장이. 이 가죽을 아나?"

"압니다, 나리."

시몬이 말했다.

"이봐, 이게 무슨 가죽인지 안단 말인가?"

시몬은 가죽을 만져보고 말했다.

"좋은 가죽입니다."

"물론 좋은 가죽이지, 이 바보야. 자네는 이제까지 이런 가죽을 보지 못했을 거야! 독일제 가죽이야. 20루블짜리라구."

시몬은 깜짝 놀라서 말했다.

"우리가 어디서 이런 것을 볼 수 있었겠습니까?"

"그야 당연하지. 자네 그 가죽으로 나한테 꼭 맞는 구두를 만들 수 있겠나?"

"할 수 있습죠, 나리."

신사는 그에게 소리를 질렀다.

"'할 수 있다.'는 좋은 말이지. 너는 누구의 구두를 만드는지, 어떤 가죽으로 만드는지를 명심해야만 해. 1년이 지나도 모양이 변하거나 갈라지지 않는 구두를 만들어야만 한다. 그럴 수 있으면 일에 착수하도록 해. 하지만 할 수 없으면 할 수 없다고 말해. 미리 말해두겠는데 만일 구두가 1년도 채 못되어 갈라지거나 모양이 변하면 너를 감옥에 넣어버릴 테다. 그러나 1년 동안 찢어지지 않거나 모양이 변하지 않으면, 삯으로 너에게 10루블을 주겠다."

시몬은 겁을 먹고 무슨 말을 해야 할지를 몰라 쩔쩔맸다. 그는 미하일을 쳐다보았다. 그리고 팔꿈치로 찌르며 속삭였다.

"이 일을 맡을까?"

미하일은 머리를 끄덕이며 말했다.

"맡으십시오."

시몬은 미하일의 충고를 받아들였다. 그는 1년 동안 갈라지지도 모양이 변하지도 않을 구두 한 켤레를 만들 것에 동의했다.

신사는 마부에게 소리쳐서, 그의 왼쪽 구두를 벗기게 했다. 그리고 다리를 쭉 폈다.

"치수를 재라!"

시몬은 17인치의 종잇조각을 잘라 그것을 펼쳐놓고, 무릎을 꿇고서 신사의 양말을 더럽히지 않도록 그의 앞치마에 손을 잘 닦은 다음, 치수를 재기 시작했다. 그는 바닥 치수를 재고 구두의 등 치수를 잰 다음, 장딴지 치수를 재기 시작했으나 종이가 충분치를 않았다. 장딴지가 들보만큼이나 굵었던 것이다.

"조심해, 장딴지 둘레를 너무 좁게 해서는 안 돼!"

시몬은 다른 종잇조각을 자르려 했다. 신사는 그곳에 앉아서 양말 속의 발가락을 서로 비벼대며 방 안 사람들을 쳐다보았다. 그리고 미하일을 흘끗 보더니 시몬에게 말했다.

"저기 저 사람은 누구야? 저 사람도 자네가 데리고 있는 잔가?"

"그는 저의 직공인데, 그가 구두를 만들 겁니다."

그러자 신사가 미하일에게 말했다.

"보게, 반드시 1년을 견디도록 만들어야 해."

시몬도 역시 미하일을 바라보았는데, 미하일은 주의를 기울이지 않은 채 신사 뒤에 있는 누군가를 쳐다보는 것처럼 구석에 서 있었다. 그렇게 계속해서 누군가를 바라보다가 갑자기 밝은 얼굴로 싱긋 웃었다.

"바보처럼 그렇게 이빨을 보이다니! 기한 내에 구두가 마련되도록 하라구."

그러자 미하일이 부드럽게 대답했다.

"요구한 날까지는 준비될 겁니다."

신사는 좋다고 말한 뒤 구두를 신고 외투 단추를 채운 다음 문간 쪽으로 갔다. 그런데 그만 허리 굽히는 것을 잊었기 때문에 머리를 문틀에 부딪히고 말았다. 그는 노발대발하며 머리를 문질렀다. 그러고 나서 마차에 올라타고 가버렸다. 신사가 떠나간 뒤에 시몬이 말했다.

"정말이지, 그는 바위처럼 단단해! 망치를 가지고도 죽이지는 못할걸. 문지방이 거의 부서질 정도로 부딪혔는데도 별로 아파하는 것 같지 않았어."

그러자 마트료나가 말했다.

"저렇듯 살고 있는데 어떻게 뚱뚱해지지 않을 수 있겠어요? 죽음조차도 저런 사람은 건드릴 수 없을 거예요."

시몬이 미하일에게 말했다.

"자, 자네도 알다시피 우리가 이 일을 맡았으니

가능한 한 잘해야만 되네. 가죽이 비싼 데다 그 신사는 성깔이 대단하구먼. 실수를 하지 말아야만 하네. 자, 자네는 나보다 눈도 밝고 솜씨도 나으니, 치수를 갖고 구두를 재단하게. 난 앞쪽 위 가죽을 끝마치겠네."

미하일은 시키는 대로 해냈다. 가죽을 집어서 탁자 위에 펼쳐 둘로 접은 다음 칼로 그 가죽을 자르기 시작했다.

마트료나는 미하일이 재단하고 있는 것을 보고 깜짝 놀랐다. 그녀는 구두장이의 일에는 익숙해서 웬만한 공정을 알고 있었는데, 가만히 보니 미하일이 장화용이 아닌 둥근 모양으로 가죽을 자르고 있는 것이었다. 그녀는 무어라 말하고 싶었지만 마음속으로 이렇게 생각했다.

'물론 내가 신사용 장화를 어떻게 짓는 것인지를 이해하지 못하는 것일 수도 있지. 미하일은 나보다 더 잘 알고 있을 테니 참견하지 말아야지.'

미하일은 가죽을 재단한 후에 초를 입힌 실을 집어 꿰매기 시작했는데, 장화를 만들 때 쓰는 두 겹 실이 아니라 슬리퍼를 꿰매는 한 겹 실이었다.

이것을 보고 마트료나는 또다시 놀랐으나 역시 참견하고 싶지 않았다. 미하일은 열심히 자기 일을 하고 있었다.

식사시간이 되었다. 시몬이 일어나서 둘러보니 미하일이 신사의 가죽으로 슬리퍼를 만들고 있었다. 시몬은 거의 신음소리를 냈다.

'이게 어쩐 일이지? 미하일은 1년이나 우리와 함께 살면서 한 번도 실수한 일이 없는데, 지금 이런 잘못을 저지르다니! 신사는 두꺼운 밑창을 댄 구두를 주문했는데 홑겹 밑창을 댄 슬리퍼를 만들다니! 가죽을 망쳐버렸어. 신사에겐 뭐라고 변명을 해야 한단 말인가? 이런 가죽은 내가 다시 구할 수도 없을 텐데.'

시몬이 미하일에게 말했다.

"이게 도대체 무슨 짓인가? 이 사람아, 자넨 날 망쳐놨어! 자네도 알다시피 신사는 장화를 주문했는데, 자넨 도대체 뭘 만들었나?"

시몬이 미하일에게 말을 하는 바로 그 순간에 문을 두드리는 소리가 났다. 누군가가 입구 쪽에 있었다. 그들이 창문으로 내다보니 누군가가 말을 타고 와서는 말을 잡아매고 있었다. 그들은 문을 열었다. 걸어 들어온 것은 일전의 그 신사와 함께 왔던 마부였다.

"마님이 장화 일로 저를 보내셨습니다."

"그게 어찌 되었습니까?"

"하여간 우리 주인께는 장화가 필요 없게 됐다는 겁니다. 돌아가셨으니까요."

"뭐라구요?"

"여기서 나와 집으로 가시는 도중에 돌아가셨어요. 마차 안에서 그랬지요. 마차가 집에 도착해서 내리는 걸 도와드리려고 가보니까 나리가 짐짝처

럼 쓰러져서 완전히 죽어 있지 뭡니까! 마차에서
그를 들어 내리느라 무척 힘이 들었어요. 그래서
마님께서 '이제 장화가 필요 없으니 그 가죽으로 가
능한 한 빨리 죽은 사람에게 신기는 슬리퍼를 만들
라고 구두장이에게 전해라.' 하고 말씀하시며 저를
보냈어요. 그리고 다 꿰매기를 기다려서 집에 가져
오라고 하셨지요. 그래서 이렇게 왔습니다."

미하일은 테이블에 있는 남은 가죽을 집어서 둘
둘 말았다. 그리고 다 만들어진 슬리퍼를 꺼내서
탁탁 털고는 앞치마로 닦아서 젊은이에게 주었다.
젊은이는 그것을 받았다.

"안녕히 계세요, 여러분! 행운이 있길!"

다시 1년이 지나고 2년이 지나, 미하일은 5년을
시몬과 함께 살아왔다. 그는 전과 똑같이 살았다.
그는 아무 데도 가지 않았고 자기 생각을 남에게 알
리지도 않았다. 그동안 그는 단지 두 번을 웃었는

데, 한 번은 마트료나가 그에게 먹을 것을 주었을 때이고 또 한 번은 신사를 보고 웃었을 때였다.

시몬은 그의 도제에 대해 몹시 만족하고 있었으며 더 이상 그가 어디서 왔는지를 묻지 않았다. 시몬의 유일한 걱정은 미하일이 떠나가려는 게 아닐까 하는 것이었다.

하루는 그들이 모두 집에 있었다. 마트료나는 화덕 위에 주전자를 올려놓고 있었고 아이들은 걸상 위에서 뛰놀면서 창밖을 내다보고 있었다. 한쪽 창가에서는 시몬이 열심히 일하고 있었고, 다른 쪽 창가에서는 미하일이 구두 뒤꿈치에 가죽 굽을 붙이고 있었다. 사내아이 하나가 걸상을 타고 미하일 쪽으로 달려와서 그의 어깨에 기대고는 창밖을 내다보았다.

"저것 좀 봐요, 미하일 아저씨! 어떤 부인이 여자애 둘을 데리고 우리 집으로 오고 있어요. 아이 하나는 절름발이구요."

그 말이 사내아이의 입에서 떨어지자마자 미하일은 그의 일을 내던지고 창에 기댄 채 문밖을 내다보았다. 시몬은 놀랐다. 이전에는 미하일은 좀처럼 밖을 내다보려 하지 않았으나, 지금은 그의 얼굴이 창에 고정된 것 같았다. 뭔가를 보느라고 여념이 없는 듯했다.

시몬 역시 창밖을 내다보았다. 어떤 여자가 마당을 가로질러 오고 있는 것이 보였다. 그 여자는 말쑥한 옷차림이었으며 두 여자아이의 손을 잡고 있었는데, 그 아이들은 작은 모피 외투를 입었으며 머리에는 목도리를 쓰고 있었다. 두 아이는 너무 닮아 구별하기가 어려웠다. 다만 그중 한 아이만 다리를 절고 있었다.

여인은 입구로 들어와 어둠 속을 더듬어 빗장을 올려서 문을 열었다. 그녀는 먼저 두 아이를 들여보낸 다음, 따라 들어왔다.

여인은 테이블 곁에 앉았다. 두 아이가 여인의 무

롤에 매달렸다. 그 아이들은 수줍어했다.

"얘들이 봄에 신을 염소 가죽 구두를 원해요."

"만들 수 있지요. 우린 보통 그런 작은 구두를 만들지 않지만, 매우 쉬운 일이지요. 가장자리 장식을 댄 것이든 아마포로 안을 댄 것이든. 이 사람은 미하일입니다. 나의 직공이지요."

시몬은 미하일을 힐끗 보았는데, 그는 일감을 내던진 채 두 아이에게서 눈길을 떼지 않고 있었다.

시몬은 미하일의 모습에 깜짝 놀랐다. 확실히 두 아이는 귀여웠다. 그들은 까만 눈을 가졌으며, 포동포동했고 발그레했는데, 멋진 모피 외투를 입고 목도리를 두르고 있었다. 하지만 무슨 이유로 미하일이 저렇게 뚫어지게 보는지 시몬은 이해할 수 없었다. 마치 두 아이를 이전에 알았던 것처럼.

시몬은 몹시 놀랐지만 그 여자와 값을 흥정하며 얘기를 계속했다. 가격을 정한 후 그는 치수를 재기 시작했다. 여자는 절름발이 아이를 무릎 위로 들어 올리고 말했다.

"이 아이로 두 아이의 치수를 재주세요. 절름발에는 작은 신을 한 짝 만들고, 온전한 발에 맞춰 세 짝을 만드세요. 둘의 발은 똑같아요. 쌍둥이지요."

시몬은 치수를 재고 절름거리는 어린아이에 관해서 물었다.

"어쩌다 저렇게 됐습니까? 아주 귀여운 소녀인데 날 때부터 그런가요?"

"아니에요. 그 애 엄마가 발을 눌러 뭉갰죠."

마트료나가 대화에 끼어들어 이렇게 물었다.

"그럼, 당신은 애들의 엄마가 아니에요?"

"네. 전 애들의 엄마가 아닙니다. 저는 얘들과 아무런 관계가 없어요, 아주머니. 그리고 애들도 저와는 아무 관계도 없구요. 전 단지 이 애들을 양녀로 삼았을 뿐이지요."

"당신 애들도 아닌데도 잘 돌봐주는군요."

"어떻게 잘 돌보지 않겠어요? 저는 이 애들을 모

두 제 젖으로 키웠어요. 제가 낳은 아이도 있었지만 하나님께서 데려가셨어요. 이 애들에게처럼 그렇게 그 아이를 애지중지하지는 않았죠."

"애들은 누구의 애들인가요?"

여인은 흉금을 터놓고 얘기를 시작했다.

"6년 전이었죠. 이 어린것들이 일주일도 못 되어 고아가 돼버렸던 거예요. 아버지는 화요일에 땅속에 묻혔고 어머니는 금요일 날 죽었지요. 이 어린것들이 태어나기 사흘 전에 아버지가 죽었고, 그 뒤 엄마도 애들 아빠를 따라간 거죠. 그 당시 저는 남편과 함께 그 마을에 살고 있었어요. 우린 이웃이었어요. 이 애들의 아버지는 농부였고 숲속에 있는 벌목장에서 일을 했어요. 사람들이 나무를 베어 넘어뜨리는데, 그 나무가 그의 몸을 깔아버렸어요. 심하게 다쳤지요. 사람들이 그를 집으로 옮겨놓기도 전에 죽었어요. 바로 그 주일에 그의 아내가 쌍둥이를, 이 아이들을 낳았죠. 애들은 돌보아줄 사

46

람 하나 없이, 할머니나 누이도 없이 불쌍하게 외톨이가 되었습니다.

이 아이들 엄마는 아이들을 낳자마자 죽은 게 분명해요. 아침에 제가 이웃을 돌봐주러 오두막집에 들어섰을 때 그 불쌍한 사람은 죽어서 싸늘히 식어 있었거든요. 죽을 때 그녀가 이 작은애들 위로 굴러 넘어진 거죠……. 그때 이 애를 깔아뭉개 다리를 다치게 한 겁니다.

사람들이 와서 시체를 닦고 입관 준비를 했으며, 관을 주문해서 그녀를 묻었지요. 사람들은 언제나 친절했거든요. 그렇게 어린 것들 둘만 남게 되었죠. 그들을 어떻게 처리해야 했을까요? 그 당시 젖먹이를 가진 여자는 저 하나뿐이었죠. 저는 낳은 지 8주밖에 안 되는 첫아들에게 젖을 주고 있었죠. 그래서 제가 당분간 애들을 맡았어요. 농부들이 모여서 애들을 어떻게 할까 궁리하고 또 궁리한 다음 저에게 이렇게 말했어요. '당신이 이 아이들을 한동

안 맡아서 우리가 결정을 내릴 기회를 주세요.'

처음에 저는 다리가 온전한 애에게 젖을 먹이고, 절름발이에게는 젖을 주지 않았어요. 살아남을 거라고 기대하지 않았거든요. 그러다가 생각했지요. 왜 이 어린 천사가 죽어야 하나 하고. 그러자 미안한 생각이 들었어요. 그래서 그 아이에게도 젖을 주려 애썼지요. 그래서 저는 제 아이와 두 애를 함께 기르게 되었죠. 그래요, 전 세 아이에게 제 젖을 먹였어요. 저는 젊고 튼튼해서 좋은 젖을 가지고 있었죠! 신께서 제 가슴에 많은 젖을 주신 덕에 양도 충분했고요. 두 아이에게 젖을 물리고 세 번째 아이는 기다리게 했어요. 한 애가 젖을 놓으면 세 번째 아이에게 젖을 주었죠. 하나님은 셋 모두에게 젖을 먹이게 해주셨지만, 제가 낳은 아이가 세 살이 되었을 때 전 그 애를 잃었어요. 그리고 두 번 다시 다른 아이를 낳지 못했죠. 그래도 저흰 돈을 벌었어요. 제 남편은 지금 어떤 상인의 방앗간에서 일하고 있답니다. 급료가 넉넉해서 유복하게 살고 있지만, 그 넉넉함을 나눠줄 아이는 떠나고 없었어요. 그런데 이 두 아이마저 없었다면 얼마나 허전하고 외로웠겠어요! 그러니 아시겠죠, 제가 이 아이들을 사랑하는 것은 당연하잖아요? 이 애들은 제 생활의 기쁨이에요!"

여인은 한쪽 손으로 절름발이 아이를 끌어들이면서 다른 손으로 뺨의 눈물을 닦으려 했다.

마트료나는 한숨을 쉬고 말했다.

"옛말은 결코 틀리지 않아요. '부모 없이는 살 수 있어도 하나님 없이는 살 수 없다.'는 말 말이에요."

그들이 이런 말을 하고 있는데 갑자기 미하일이 앉아 있는 방구석으로부터 여름날의 번개 같은 섬광이 비쳐오는 것이 느껴졌다. 그들은 모두 그를 바라보았다. 보라! 미하일은 두 손을 무릎에 포개 놓고 앉은 채 위를 바라보며 웃고 있었다.

여인이 아이들을 데리고 나가자 미하일은 일감을
내려놓았다. 그는 앞치마를 벗고 시몬과 그의 아내
에게 허리를 굽혀 인사하며 말했다.

"안녕히 계십시오, 여러분. 하나님께서 저를 용서
해주셨어요. 당신들도 역시 저를 용서합니까?"

시몬과 마트료나는 빛이 비친 것이 미하일로부터
였다는 것을 알았다. 시몬은 일어나서 미하일에게
인사를 하고 말했다.

"미하일, 자네가 보통 인간이 아니란 걸 난 아네.
자네를 붙잡을 수도 없고 꼬치꼬치 캐물을 수도 없
네. 하지만 한 가지만 말해주게. 자네를 처음 집으
로 데려왔을 때, 자넨 침울해 있었네. 그러나 내 마
누라가 자네에게 먹을 것을 주자 웃었고, 그 이후
많이 명랑해졌네. 그리고 신사가 장화를 주문했을
때 자넨 두 번째로 웃었고 그 뒤 훨씬 더 명랑해졌
어. 그리고 지금 이 여인이 두 아이를 데려왔을 때
자넨 세 번째로 웃었고 빛을 발했네. 미하일, 자네

몸에서 왜 그런 빛이 흘러나오는지, 그리고 왜 세 번 웃었는지 말해주게."

그러자 미하일이 대답했다.

"제 몸에서 빛이 난 것은, 제게 내려진 형벌이 끝나고 지금 막 하나님이 저를 용서했기 때문입니다. 제가 세 번 웃은 것은, 하나님의 세 가지 진리를 알아냈기 때문입니다. 당신의 아내가 저를 불쌍히 여겼을 때 한 가지 진리를 깨달았으며, 그래서 웃었던 겁니다. 두 번째 진리는 부자가 장화를 주문할 때 알게 되어 두 번째로 웃었습니다. 그리고 지금 두 여자아이를 보았을 때 마지막 세 번째 진리를 알게 되어 세 번째로 웃은 겁니다."

그러자 시몬이 말했다.

"미하일, 왜 신이 자네를 벌했는지, 하나님의 진리는 무엇이며, 그에 대해 나 역시 알아도 되는지를 말해주게."

미하일은 대답했다.

"제가 하나님에게 복종하지 않았기 때문에 하나님은 저에게 벌을 주셨습니다. 저는 하늘나라의 천사였는데 하나님께 순종하지 않았습니다. 하나님은 한 여자의 영혼을 가져오라고 저를 보냈죠. 전 인간 세계로 날아왔어요. 전 병들어 홀로 누워 있는 여인을 보았는데, 그 여자는 방금 쌍둥이 두 딸을 낳은 채였습니다.

갓난아기들은 어머니 곁에서 꿈틀거리고 있었으나 어머니는 그녀의 가슴 쪽으로 아기들을 들어 올릴 수가 없었습니다. 아기 엄마는 저를 보자 하나님이 부르러 보내신 줄 알아차리고는 울음을 터뜨리며 말했습니다. '하나님의 천사님, 저의 남편은 숲에서 나무에 깔려 죽어 방금 장례를 치렀습니다. 제게는 아기들을 돌봐줄 자매도, 아주머니도, 어머니도 없습니다. 제 영혼을 가져가지 마시고 이 아이들을 제 스스로 키우고 젖을 먹여서, 아이들이 혼자서도 일어날 수 있도록 해주세요. 어린아이들

52

은 부모 없이는 살지 못합니다.'

저는 아기 엄마의 요구를 듣고 한 아이에게 젖꼭지를 물려주고 다른 아이를 어머니의 팔에 안겨준 다음 하늘나라의 하나님께 돌아왔습니다. 그리고 하나님께 말했습니다.

'저는 아기 엄마의 혼을 가져올 수 없습니다. 애 아버지는 나무에 깔려 죽었고, 그녀는 쌍둥이를 낳았으며 나에게 영혼을 거두어가지 말아 달라고 애원했습니다. 그녀는 이렇게 말했습니다. '나의 어린 애들을 내가 기르도록 해주시고 그들에게 젖을 주어 그들이 자립하게 하도록 해주세요. 아이들은 부모 없이 살 수 없습니다.' 그래서 저는 아기 엄마의 혼을 가져오지 않았습니다.'

그러자 하나님께서 이렇게 말씀하셨습니다. '가서 아기 엄마의 영혼을 가져오너라. 그러면 너는 세 가지 진리를 알게 될 것이다. 즉 사람의 내면에는 무엇이 있는가. 사람에게 허락되지 않은 것은 무엇인가, 사람은 무엇으로 사는가를 배우게 될 것이다. 이 세 가지를 알게 되면 너는 하늘나라로 돌아올 수 있을 것이다.'

그래서 저는 다시 지상으로 날아가 아기 엄마의 혼을 데려갔습니다. 두 아기가 어머니의 가슴에서 떨어졌습니다. 주검이 침상에서 구르는 바람에 한 아기를 덮어 눌러 다리를 비틀어버렸습니다. 저는 마을 위를 날아올라 하나님께 그 혼을 가져다주려 했는데, 바람이 저를 휘감아 날개가 움직이지 않게 되어 혼만 하나님께로 가고 저는 지상으로 다시 떨어졌습니다."

시몬과 마트로나는 자기들이 입히고 먹였던 사람이 누구인지, 자기들과 함께 살아온 사람이 누구인지를 알고 놀람과 기쁨으로 울음을 터뜨렸다. 그러자 천사는 이렇게 말했다.

"저는 알몸인 채로 홀로 들판에 있었습니다. 그전까지 저는 인간이 지닌 가난이 뭔지도 몰랐고 추위도 배고픔도 모르고 있었는데, 바로 그때 제가 인간이 되어버렸죠. 몹시 배가 고프고 몸도 얼어붙어 저는 어떻게 해야 할지를 몰랐습니다. 저는 들판 건너편에 예배당을 보았습니다. 그 안으로 피신할 생각으로 예배당 쪽으로 갔습니다. 그러나 예배당 문이 잠겨 있어서 들어갈 수가 없었죠. 그래서 저는 바람이라도 피하려고 예배당 뒤에 쭈그리고 앉았습니다. 저녁때가 되자 배가 고프고 한기가 심해서 온몸이 다 아팠습니다. 그때 문득 손에 장화 한 켤레를 들고 길을 가면서 혼잣말을 하는 사람 소리가 들렸습니다. 그때 저는 인간이 된 후 처음으로 인간의 얼굴을 보았는데, 그 사람의 얼굴은 죽을상을 하고 있었으므로 저는 당황해서 그를 피하려 했습니다. 듣자 하니 그 사나이는 겨울 동안 추위로부터 어떻게 자신을 지킬 것인가, 어떻게 처자를 먹여 살릴 것인가를 중얼거리고 있었습니다. 그래서 저는 생각했습니다.

'나는 추위와 배고픔으로 죽어가고 있다. 그리고 여기 한 사람이 있는데 그는 자기 내외를 위한 양피 외투를 구하는 것과 생계를 잇기 위한 빵을 구하는 것만을 생각하고 있다. 그는 나를 도와줄 수 없어.'

그 사나이는 저를 보자 얼굴을 찌푸렸습니다. 처음 보았을 때보다 훨씬 더 무서워 보였습니다. 그러고는 저를 지나쳐 갔습니다. 전 절망에 빠졌죠. 그러고 있는데 갑자기 사나이가 되돌아오는 소리가 들렸습니다. 저는 그를 쳐다보고, 그 사람이 방금 그 사람이라는 걸 인식하지 못했습니다. 조금 전 그의 얼굴에는 죽음이 서려 있었지만 지금은 갑자기 생기가 돌았기 때문입니다. 그때 저는 신이 그의 얼굴에 있는 것을 보았습니다. 그는 제 곁에 와서 옷을 입혀주고 저를 집으로 데려왔습니다.

집에 도착하니 한 여자가 우릴 맞으러 나와서 잔소리를 하기 시작했습니다. 그 여자는 사나이보다 훨씬 더 무서웠습니다. 죽은 혼이 그녀의 입에서 튀어나오는 것 같아서, 저는 그 죽음의 입김 때문에 숨이 막혔습니다. 그녀는 저를 춥고 어두운 밖으로 몰아내려 했습니다. 만약 그녀가 나를 내쫓는다면 죽을 것이라는 걸 저는 알고 있었어요. 그때 갑자기 그녀의 남편이 그녀에게 하나님을 상기시켰습니다. 그러자 즉시 그녀에게 변화가 일어났습니다. 그녀가 제게 먹을 것을 차려주고 저를 상냥하게 바라보았을 때, 그녀에게는 더 이상 죽음의 그림자가 끼쳐 있지 않았습니다. 생기가 넘쳤죠. 그때, 저는 그녀에게서도 신을 발견했습니다.

그 순간 저는 '너는 인간 안에 무엇이 있는지를 알게 되리라.'고 하신 하나님의 첫 번째 말씀을 생각해냈습니다.

저는 인간 안에는 사랑이 있다는 것을 깨달았습니다. 하나님께서 내게 하신 약속을 이행하시기 시작했기 때문에 저는 기뻤습니다. 그래서 저는 처음으로 웃었습니다. 그러나 아직도 전부를 알 수는 없었습니다. 인간에게는 무엇이 허락되어 있지 않은가, 사람은 무엇으로 사는가 하는 것을 알 수 없었습니다.

당신들과 같이 1년을 살았을 때 한 사나이가 찾아와 1년 동안 찢어지지도 닳아서 모양이 변하지도 않을 정도로 튼튼한 장화를 주문했습니다. 저는 뜻밖에 그 사나이의 등 뒤에서, 저의 동료였던 죽음의 천사를 발견했습니다. 저 이외에는 아무도 이 천사를 보지 못했지만 저만큼은 해가 지기 전에 그는 그 부유한 사나이의 영혼을 거두어가리라는 것을 알았습니다. 그래서 저는 중얼거렸습니다.

'이 사나이는 더 살 계획을 세우고 있지만, 저녁 전에 죽는다는 것을 모르고 있구나.'

그래서 저는 '인간에게 허락되지 않은 것이 무엇인가를 너는 배울 것이니라.'고 하신 하나님의 두 번째 말씀을 불현듯 깨달았습니다.

저는 인간 안에 무엇이 있는지를 이미 알았습니

다. 그리고 지금 인간에게 주어지지 않은 것이 무엇인가를 알아냈습니다. 인간의 몸에 무엇이 필요한가를 아는 것이 인간에게 주어지지 않았습니다. 그래서 저는 두 번째로 웃었습니다. 저의 동료 천사를 보았으며 하나님이 제게 두 번째 진리를 계시하셨기 때문에 저는 기뻤습니다.

　하지만 아직 전부를 깨닫지는 못했습니다. 인간이 무엇으로 사는지 이해할 수 없었습니다. 그래서 저는 계속해서 하나님께서 저에게 세 번째 진리도 역시 보여주실 때까지 기다렸습니다. 6년이 지난 지금 자그마한 쌍둥이 여자아이들이 부인과 함께 왔고, 저는 그 애들을 알아보았으며 어떻게 해서 그 애들이 살아남게 되었는지를 생각했습니다. 그 애들을 알아본 후에 저는 생각했습니다.

　'어머니는 아이들이 부모 없이 살아갈 수 없다 여겨 그녀의 아이들을 위해서 나에게 간청을 했지만, 타인이 그들에게 젖을 먹여 키웠다.'

그 여인이 자기 자식이 아닌 아이들을 껴안고 애들 때문에 눈물을 흘렸을 때, 저는 그녀에게서 살아 계신 신을 보았고 인간이 무엇으로 사는가를 알게 되었습니다. 하나님이 마지막 진리를 저에게 계시하셨으며 저를 용서해주셨다는 것을 알았으므로, 저는 마지막으로 웃었습니다."

그러자 천사의 몸이 분명하게 나타났다. 그 몸이 빛으로 둘러싸여서 매우 밝았기 때문에 눈을 뜨고 올려다볼 수가 없었다. 그리고 그는 아주 맑은 목소리로 말을 했는데, 그 목소리가 꼭 그에게서 나오는 게 아니고 하늘에서 울려오는 것 같았다. 천사는 이렇게 말했다.

"저는 모든 사람이 스스로를 보살핌으로써가 아니라 사랑으로써 살아간다는 것을 깨달았습니다.

그녀의 아이들을 살리기 위해 무엇이 필요한가를 아는 것이 어머니에게는 허락되지 않았습니다. 부자는 자기에게 무엇이 필요한지를 알지 못했으며, 일상을 위한 장화가 필요한지 자신의 장례를 위한 슬리퍼가 필요한지를 아는 것은 어떤 사람에게도 허락되지 않았습니다.

제가 인간이 되어서 살아온 것은 제가 자신의 일을 여러 가지로 걱정했기 때문이 아니라, 한 낯선 사람과 그의 아내의 마음속에 사랑이 있어 저를 불쌍히 여기고 사랑했기 때문입니다. 고아들이 살아가고 있는 것은 다른 사람들이 애들을 어떻게 할까를 걱정했기 때문이 아니라, 타인인 한 여인에게 사랑의 마음이 있어 그 애들을 가엾게 여기고 사랑해주었기 때문입니다. 모든 인간이 살아가고 있는 것도 자신의 행복을 생각하기 때문이 아니라 인간들 속에 사랑이 있기 때문입니다.

저는 이전에 하나님께서 인간에게 생명을 주시고 그들이 잘살기를 원하신다는 것을 알았지만, 지금 저는 그 이상의 것을 알았습니다. 하나님은 인간들이 각자 홀로 사는 것을 원치 않고 서로 뭉쳐 사는 것을 원하시므로 인간 각자에게 그리고 모두를 위해 무엇이 필요한가를 계시하신다는 것을 저는 깨달았습니다.

자신을 보살핌으로 인간이 살아간다는 것은 겉치레일 뿐이고 사실은 사랑으로 살아간다는 것을 저는 지금 깨달았습니다. 사랑 속에 사는 자는 하나님 안에 살며 하나님은 그 안에 계십니다. 하나님은 사랑이시므로."

말을 마친 뒤, 천사는 하나님께 찬송을 드렸다. 그러자 그의 목소리로 인해서 오두막집이 온통 흔들렸다. 천장이 갈라지고 땅에서 하늘까지 불기둥이 뻗쳤다. 시몬과 그의 아내 그리고 아이들이 땅바닥에 엎드렸다. 천사의 어깨에 날개가 나타났고, 그는 곧 하늘로 올라갔다.

시몬이 눈을 떴을 때, 집은 이전대로 있었으며, 그 안에는 자신과 가족 외에는 아무도 없었다.

사랑이 있는 곳에 신이 있다

한 마을에 마틴 아브데이치라는 구두 수선공이 살고 있었다. 그는 창문이 하나 달린 조그만 지하 방에서 살았다. 창문은 한길 쪽으로 뚫려 있었는데, 그는 창문을 통해서 지나다니는 사람들을 쳐다보곤 했다. 비록 행인들의 발밖에 보이지 않았지만, 그는 신발만 보고도 신발의 임자를 알아낼 수 있었다. 그곳에서 오랫동안 살아왔기 때문에 이 마을에서 그의 손을 한두 번 거치지 않은 신발은 거의 없었다. 어떤 것은 구두창을 갈았고, 어떤 것은 조각을 대었으며, 어떤 것은 둥글게 꿰맸고, 때때로 구두의 윗부분을 새로 씌웠다. 창문을 통해 그는 종종 자신이 수선한 것을 알아냈다.

마틴은 충실한 일꾼이었다. 좋은 재료를 사용하면서도 삯을 많이 받지 않고, 약속을 잘 지켰기 때문에 일거리가 많았다. 요구하는 날까지 끝낼 수 있으면 그 주문을 받고, 끝낼 수 없을 것 같다면 정직하게 말했다. 모든 사람이 그가 성실하고 정직하다는 것을 알고 있었으므로 결코 일감이 떨어지는 때가 없었다.

늘 선하게 살아왔던 마틴은 나이가 들어감에 따라 자기 영혼에 대해 깊이 생각하기 시작했고, 신에게 가까이 가기를 원했다. 그의 아내는 그가 아직 그의 주인과 함께 살고 있을 때 세상을 떠났다. 아내는 그에게 세 살짜리 아들 하나를 남겼다. 세 살배기 아들보다 더 큰 아이들은 하나도 살아남지 못했다. 그들은 어린 시절에 모두 죽었다.

처음에 그는 그의 어린 아들을 시골에 있는 누이의 집으로 보내려고 했으나, 아들에게 미안한 마음이 들어 마음을 고쳐먹었다. 그는 '이렇게 어린 것이 낯선 가정에서 사는 것은 힘든 일이다. 아무리 힘들어도 내 곁에 두고 내가 돌봐야겠어.'라고 속으로 생각했다.

마틴은 그의 주인을 떠나서, 아들과 함께 하숙 생활을 시작했다. 그러나 그는 자식 복이 없었다. 아들에 제법 자라 아버지를 돕기 시작할 무렵, 그만 병에 걸려서 일주일을 앓다 죽고 만 것이다. 아들을 묻은 마틴은 절망에 빠져 신을 향해 푸념을 늘어놓았다. 우울증에 빠져 한두 번 죽음을 간구했으며, 사랑하는 외아들 대신에 나이 든 그를 데려가지 않았다고 신을 비난했다. 그는 또 교회에 나가는 것도 그만두었다.

그러던 어느 날 마틴의 고향에서 온 노인이 그를

찾아왔다. 지난 7년 동안 이 노인은 순례자였다. 마틴은 노인과 얘기를 하면서 자신의 슬픈 심정을 토로하기 시작했다.

"더 이상 살고 싶은 생각이 없어요. 그저 죽고 싶을 따름입니다. 지금으로선 저에게 아무런 희망도 없답니다."

노인은 대답했다.

"마틴, 당신은 올바르게 말하지 않는군요. 우리는 신의 뜻을 헤아리지 못합니다. 세상은 우리의 솜씨로써가 아니라 신의 의지로 움직입니다. 신은 당신의 아들이 죽고, 당신이 살도록 운명을 정했습니다. 결국 그것이 최상책이지요. 그리고 당신은 자신의 행복을 위해 살기 원하기 때문에 절망하고 있습니다."

"그럼 뭐 때문에 인간이 살아야 합니까?"

"우리는 신을 위해 살아야만 합니다. 마틴, 신은 당신에게 삶을 주었고, 당신은 신을 위해 살아야만 합니다. 당신이 신을 위한 삶을 살 때, 당신은 어떤 일을 당해도 슬퍼하지 않을 것이고, 만사를 편안한 마음으로 대할 수 있을 겁니다."

마틴은 잠깐 동안 침묵하다가 말했다.

"하지만 인간이 어떻게 신을 위해 살 수 있죠?"

"그리스도가 우리에게 신을 위해 사는 법을 가르쳐주셨습니다. 글을 읽을 줄 압니까? 성경을 한 권 사서 읽어보십시오. 어떻게 하면 신을 위해 살 수 있는지 알 수 있을 거예요. 그 책에 모든 것이 설명되어 있습니다."

노인의 말은 마틴의 가슴에 불을 붙였다. 그는 그날로 서점에 들러 굵은 글자로 인쇄된 신약성서를 한 권 사서 읽기 시작했다. 처음에는 휴일에만 읽을 생각이었지만, 읽기 시작하자 마음에 잔잔한 기쁨이 차오르는 것을 느꼈기에 결국은 매일 읽게 되었다. 때때로 그는 독서에 너무 몰두해서 램프의 기름을 모두 태우곤 했으나, 여전히 독서를 그만둘

수가 없었다.

그는 매일 저녁 성경을 읽었다. 읽으면 읽을수록 신이 그에게서 무엇을 원하는지, 그가 신을 위해 어떻게 살아가야 하는지 더욱더 분명해졌다. 그리고 마음이 나날이 편안해져 갔다. 성경을 읽기 전에는 잠자리에 들 때마다 한숨을 쉬고 신음을 토하면서 어린 카피톤을 생각했었다. 그러나 지금은 "신께 영광을! 신께 영광을! 오, 주여! 당신의 뜻에 맡기옵니다." 하고 소리치기만 했다.

그때부터 마틴의 생활은 모든 것이 달라졌다. 이전에 그는 기분전환으로 차 한 잔 마시기 위해 선술집에 들르곤 했으며, 몇 잔의 보드카도 마다하지 않았다. 아는 사람 몇몇과 술을 마시고 유쾌한 기분으로 선술집을 나설 때면 헛소리를 지껄이고, 목청 높여 소리치며, 마구 욕지거리를 하고 싶었다.

그러나 지금은 그런 짓을 더 이상 하지 않았다. 그의 생활은 침착하고 평온해졌다. 아침에는 일을 하기 위해 자리에 앉았고, 하루 일을 끝마친 뒤에는 작은 램프를 책상 위에 올려놓고 선반에서 책을 꺼내 읽는 생활이 이어졌다. 성경을 읽으면 읽을수록 이해의 폭이 넓어졌고 마음은 더 밝고 가벼워졌다.

어느 날 밤늦게까지 책을 읽던 마틴은 누가복음 6장에서 다음 구절들을 접하게 되었다.

"네 뺨을 치는 자에게 다른 쪽 뺨도 돌려대며 네 겉옷을 빼앗는 자에게 속옷도 금하지 말라. 무릇 네게 구하는 자에게 주며, 네 것을 가져가는 자에게 다시 달라 하지 말며, 남에게 대접을 받고자 하는 대로 남을 대접하라."

그 구절들을 계속 읽어나가다 보니 다음과 같은 말이 마음을 사로잡았다.

"너희들은 나를 불러 주여 주여 하면서도 어찌하여 내가 말하는 것을 행치 아니하느냐. 내게 나와 내 말을 듣고 행하는 자마다 그가 누구와 같은 것인가를 너희에게 보이리라. 집을 짓되 깊이 파고 주추를 반석 위에 놓은 사람과 같으니, 큰물이 나서 탁류가 그 집에 부딪혀도 잘 지은 까닭에 능히 요동치 아니하지만, 듣고 행치 아니하는 자는 주추 없이 흙 위에 집 지은 사람과 같으니 탁류가 부딪치매 집이 곧 무너져 파괴됨이 심하니라 하시니라."

마틴은 이 말씀을 읽고 기쁨이 그의 마음에 넘치는 것을 느꼈다. 그는 안경을 벗어 책 위에 놓고, 책상 위에 팔꿈치를 괴고는 생각에 잠겼다. 그러고는 이 말씀에 견주어 그의 생활을 판단해보았다.

"나의 집은 과연 반석 위에 세워졌는가, 모래 위에 세워졌는가? 반석 위라면 그것은 좋은 것이다. 자기 혼자라면 그것은 매우 쉽다. 신의 명령에 따라 모든 것을 행한 것처럼 보일 것이다. 그러나 자신을 잊었을 때 다시 죄를 짓는다. 나는 계속 노력할 것이다. 그것은 매우 좋은 일이다. 오, 주여! 저를 도우소서!"

생각에 생각을 거듭하던 마틴은 이제 그만 잠자

리에 들어야겠다고 생각했지만, 왠지 책을 놓기가 싫었다. 그는 계속해서 7장을 읽기 시작했다. 백부장(百夫長)에 관해 읽었고, 과부의 아들에 관해 읽었으며, 요한의 제자들에게 준 대답을 읽었고, 마지막으로 부유한 바리새인이 주님께 그와 함께 식사하기를 청하는 대목에 이르렀다. 죄인인 한 여인이 그의 발에 향유를 바르고 눈물로 그 발을 닦으며 예수가 그 여자를 용서하는 것을 읽었다. 마틴은 어느덧 44장에 이르렀다.

"여자를 돌아보시며 시몬에게 이르시되, 이 여자를 보느냐? 내가 네 집에 들어오매 너는 내게 발 씻을 물도 주지 아니하였으되 이 여자는 눈물로 내 발을 적시고 그 머리털로 씻었으며, 너는 내게 입 맞추지 아니하였으되 저는 내가 들어올 때부터 내 발에 입 맞추기를 그치지 아니하였으며, 너는 내 머리에 감람유도 붓지 아니하였으되 저는 향유를 내 발에 부었느니라."

그는 이 구절을 다 읽고 생각에 잠겼다.

'너는 내게 발 씻을 물도 주지 않았으며, 입 맞추지도 않았다. 너는 내 머리에 감람유도 붓지 않았다……'

마틴은 안경을 벗어 책 위에 놓고는 다시금 생각에 빠져들었다.

'바리새인은 틀림없이 나와 같았던 거야. 나 역시 오로지 나 자신만을 생각해오지 않았던가. 그는 자신만을 생각했을 뿐 그의 손님은 돌보지 않았다. 그러면 누가 손님이었는가? 주님이시다. 그가 나에게로 온다면 나도 그렇게 행동해야 하나?'

그는 머리를 팔에 기댄 채 어느새 잠이 들었다.

"마틴!"

갑자기 그를 부르는 소리가 귓전을 울렸다.

"거기 누구요?"

잠에서 깨어난 마틴이 물었다.

그는 뒤로 돌아서 문 쪽을 바라보았지만 그곳에

는 아무도 없었다. 고개를 갸우뚱하던 마틴은 다시 깜빡 졸았다. 그때였다. 돌연 "마틴! 마틴! 내일 거리를 살펴봐라. 내가 올 것이다." 하는 소리가 분명하게 들려왔다.

마틴은 깨어나 의자에서 일어나 눈을 비볐다. 그 말을 들은 것이 꿈인지 생시인지 좀처럼 알 수 없었다. 그는 등불 심지를 낮추고 잠자리에 들었다.

이튿날 새벽녘에 잠에서 깨어난 그는 여느 때와 다름없이 기도를 하고, 난로에 불을 붙였으며, 양배추 수프와 오트밀 죽을 불 위에 올려놓고 사모바르에 불을 붙였다. 그리고 앞치마를 두르고 창가에 앉아 일을 하기 시작했다.

일하는 내내 전날 밤에 일어났던 일이 머릿속을 가득 채웠다. 꿈인 것 같기도 하고, 정말로 목소리를 들은 것 같기도 했다.

그는 일을 하는 둥 마는 둥 하며 창가에 앉아 밖을 내다보고 있었다. 그러다 낯선 구두를 신고 지나가는 사람이 있으면 얼굴을 보기 위해 몸을 구부려 올려다보곤 했다. 새 펠트 장화를 신은 정원지기가 지나갔고, 물을 운반하는 사람이 지나갔다. 그 뒤로 여기저기 땜질을 한 펠트 장화를 신고 손에 삽을 든 니콜라스 치세의 한 늙은 병사가 오고 있었다. 마틴은 펠트 장화만으로도 그가 누구인지 알 수 있었다. 그 노인의 이름은 스테파니치였으며 옆집 상인이 인정상 그의 집에 데리고 있었다. 정원지기를 도와주는 것이 그의 일이었다. 그는 마틴의 지하방 창 앞에서 눈을 치우기 시작했다.

마틴은 그를 바라보고 있다가 다시 일을 손에 잡았다. '나도 이젠 늙어서 노망이 든 모양이야.' 하고 생각하며 혼자 웃었다. '눈을 치우러 온 스테파니치를 보고 그리스도가 나를 보기 위해 왔다고 생각하고 있으니 말이야. 그러니 노망이 든 게 틀림없어!'

그는 열두어 바늘을 꿰매고는 다시 마음이 끌려 자기도 모르게 창밖을 내다보았다. 스테파니치가 삽을 벽에 기대놓고 몸을 녹이는 것 같기도 하고 쉬는 것 같기도 한 모습이 눈에 들어왔다. 이미 기력이 약해질 대로 약해진 노인이라 눈을 쳐낼 만한 힘도 없음이 분명했다. '마침 사모바르가 끓고 있으니 그에게 차를 대접해야겠어.'

이렇게 생각한 마틴은 송곳을 내려놓고, 자리에서 일어나 사모바르를 식탁 위에 놓고 차를 준비한 다음, 손가락으로 창문 유리를 두드렸다. 그 소리에 뒤돌아본 스테파니치가 창문으로 다가오자, 마틴은 들어오라고 그에게 손짓하곤 문 쪽으로 갔다.

문을 열며 마틴이 말했다.

"들어와서 몸 좀 녹여요. 몸이 얼었겠어요."

"자네에게 그리스도의 축복이 있기를! 온몸의 뼈마디가 쑤시는구먼."

스테파니치는 집 안으로 들어서서 눈을 털고는, 마룻바닥을 더럽히지 않으려고 비틀거리며 열심히 신발 바닥을 닦았다.

"닦지 않아도 돼요. 제가 닦을게요. 우린 그런 일에 익숙하잖아요. 이리와 앉아서 차나 드세요."

마틴은 두 개의 잔을 채워서 하나를 손님에게 주었고, 다른 한 잔은 움푹 팬 그릇에 따라서 그것을 후후 불었다.

스테파니치는 차를 다 마시자 잔을 엎어놓고, 그 위에 반쯤 먹은 설탕을 놓고는 고마움을 전했다. 그의 얼굴엔 한 잔 더 마셨으면 하는 표정이 비치고 있었다.

"한 잔 더 드세요."

자기 잔과 손님의 잔을 채우면서 마틴은 말했다. 마틴은 차를 마시면서 자주 바깥을 내다보았다.

"자네 누굴 기다리고 있나?"

"누굴 기다리냐구요? 글쎄, 말하기조차 부끄럽군요. 정말로 누군가를 기다리는 것은 아니지만 어젯밤에 들었던 한마디 말이 제 가슴에 남아 있어서요. 아직도 꿈인지 생시인지 잘 모르겠지만요. 아시다시피 어젯밤 저는 성경을 읽고 있었어요. 그리스도가 이 세상 여러 곳을 두루 돌아다니며 고생한 이야기 말예요. 당신도 그것에 관해서 들은 적이 있을 거예요."

"들은 적이 있지. 하지만 나는 무식해서 글을 읽을 줄 모르잖나."

"어쨌든 어젯밤에 저는 그리스도가 이 세상을 두루 다니신 바로 그 이야기를 읽고 있었어요. 잘 들어봐요. 그리스도가 바리새인에게 오셨는데 바리새인이 변변히 대접하지 않은 대목에 이르렀어요. 저는 '그리스도를 융숭하게 대접하지 않다니.' 하고 생각했지요. 그러면서 그가 저나 또는 다른 누구에게 오신다면 어떻게 대접해야 하나, 이런 생각을 하다가 그만 잠이 들었어요. 그런데 누군가가 제 이름을 부르는 소리가 들렸어요. 저는 깨어났고, 그 목소리는 '기다려라, 내가 내일 갈 것이다.'라고 속삭였어요. 그런 일이 두 번이나 일어났어요. 사실은 그 말이 마음속 깊이 새겨져, 부끄러운 일이 지만, 지금 그리스도를 기다리고 있답니다."

스테파니치는 머리만 흔들 뿐 아무 말 없이 차만 마시더니 이내 빈 잔을 내려놓았다. 마틴은 빈 잔에 또다시 차를 따랐다.

"좀 더 마셔요. 건강에 좋답니다. 아시다시피 저는 그리스도가 이 세상을 두루 돌아다녔을 때 그는 사람들을 경멸하지 않고 신분이 낮은 사람들을 오히려 더 보살폈을 것이라고 생각해요. 그는 항상 가난한 사람을 보러 다녔어요. 제자도 우리네 같은 사람, 우리네같이 죄 많은 노동자 계급 가운데에서 골랐지요. '마음이 교만한 자는 오히려 아래로 떨어지며 마음이 가난한 자는 오히려 위로 올라간다.'고 말씀하셨어요. '너희들은 나를 주님이시여, 하고 부르지만 나는 너희들의 발을 씻어주겠다.'고 말씀하셨고 '우두머리가 되고 싶은 자는 모든 사람의 하인이 되어라.'고도 말씀하셨어요. 또한 '마음이 가난

하고 겸손하며 인정이 있는 자는 행복할지니.'라고
도 말씀하고 계시지요."

스테파니치는 차 마시는 것도 잊었다. 이미 몸과
마음이 늙을 대로 늙은 그는 쉽게 감동해서는 눈물
을 흘렸다.

"자, 한 잔 더 들고 가세요."

마틴이 권했으나 스테파니치는 성호를 긋고 인사
말을 한 다음 컵을 엎어놓으며 일어섰다.

"친절히 대해줘서 고맙네. 마틴 아브데이치, 자네
는 나의 몸과 마음도 훈훈하게 해주었네."

"천만에요, 또 오세요. 전 친구를 만나는 게 기쁘
답니다."

스테파니치가 나가자 마틴은 남은 차를 따라 마
시고, 다구(茶具)를 치운 다음 일을 하기 위해 다시
창가에 앉았다. 그는 바느질을 하면서도 연신 창밖
을 내다보았다. 그는 아직도 그리스도를 기다리고
있었고, 그의 머리는 그리스도의 행적과 말씀으로

가득 차 있었다.

창밖으로 두 명의 병사가 지나가는 것이 보였다. 한 사람은 군화를 신고 있었고 다른 한 사람은 마틴이 만든 구두를 신고 있었다. 그 뒤로 이웃집 주인이 반짝반짝 윤이 나는 덧신을 신고 지나갔으며, 바구니를 든 제빵공도 지나갔다. 얼마 뒤에 털실로 짠 긴 양말에 나무로 만든 신발을 신은 여자가 다가 왔다. 그녀는 창문을 지나 벽 바로 옆에 멈춰 섰다.

마틴은 창문으로 올려다보았다. 남루한 옷을 입고 팔에 아이를 안은 낯선 여인이었다. 그녀는 벽 옆에 바람을 등지고 서서 추위에 떠는 아기를 감싸 주기 위해 안간힘을 쓰고 있었지만 감싸줄 만한 것은 하나도 갖고 있지 않았다. 단지 닳아 해진 여름 옷을 입고 있을 뿐이었다. 마틴이 창에 바짝 붙어 귀 기울여보니, 아기의 울음소리가 들려왔고 그 여인은 아기를 달래려고 애썼지만 뜻대로 되지 않는 듯했다.

마틴은 벌떡 일어서서 밖으로 나가더니 층계를 올라가서 소리쳤다.

"이봐요! 아주머니!"

여인이 그 소리를 듣고 뒤를 돌아보았다.

"이런 추위에 왜 아이를 데리고 밖에 서 있는 게요? 자, 이리 들어와요. 방 안이 따뜻하니 아이의 몸을 녹일 수 있을 거요. 어서 들어오시오!"

그 여인은 깜짝 놀라, 앞치마를 두르고 코에 안경을 걸친 늙은이를 물끄러미 쳐다보다가 그를 따라 들어갔다. 그들은 층계를 내려가 작은 방으로 들어섰고, 마틴은 여인을 침상으로 안내했다.

"자, 여기 앉아요. 난로에 몸을 녹이면서 아기에게 젖을 먹일 수 있을 거요."

마틴이 자리를 권하며 말했다.

"젖이 나오지를 않아요. 아침부터 아무것도 먹지를 못해서요."

여자는 그렇게 말하면서도 젖을 물리고 있었다.

마틴은 머리를 흔들며 주방으로 가서 빵과 그릇을 꺼내더니 난로 뚜껑을 열고 양배추 수프를 그릇에 따랐다. 보리죽이 담긴 항아리를 꺼내 보았으나 아직 덜 물러 제자리에 다시 두고는, 고리에 걸린 헝겊을 꺼내어 식탁 위에 펼쳐놓고 수프와 빵만을 차려주었다.

"아주머니, 여기 앉아서 먹도록 해요. 아기는 내가 봐줄 테니. 나도 아이를 키워봐서 아기를 돌볼 줄 안다오."

마틴이 여인에게 권했다.

여자는 성호를 긋고 식탁에 앉아서 먹기 시작했다. 마틴은 아기를 눕힌 침대에 앉았다. 입술을 오므려 소리를 내보려 했으나 잘 되지 않았다. 이가 없기 때문이었다. 아기는 여전히 울었다. 마틴은 아기를 달래기 위해 아기의 입에 손가락을 갖다 댔다가 재빠르게 떼었다. 그러나 입속에 손가락을 넣지는 않았다. 그의 손가락이 아교로 더럽혀져 있었

기 때문이었다. 그의 마음을 알아차렸는지, 아기는
그의 손가락을 바라보며 울음을 그치고는 이윽고
웃기 시작했다. 그 모습을 보면서 마틴은 흐뭇한
표정을 지었다.

여자는 식사를 하면서 자기가 누구이며, 어디에
갔다 오는 길인지 그에게 말했다.

"제 남편은 군인이랍니다. 일곱 달 전에 멀리 전
속되었는데 그 뒤로 통 소식이 없습니다. 아기가
태어나기 전까지 저는 요리사 일을 하고 있었지요.
그러나 아이가 생긴 후로는 아무도 제게 일자리를
주지 않더군요. 벌써 석 달째 일자리 없이 어렵게
지내오고 있답니다. 들어갔으면 싶지만 아무도 저
를 쓰려고 하지 않아요. 너무 굶주려 보이고 말랐
다는 거예요. 지금은 한 장사꾼의 부인을 만나고
오는 길인데, 저를 채용하겠다고 약속했어요. 이제
일이 다 잘 되기는 했지만, 그 부인이 하는 말이 다
음 주가 지나서 오라는군요. 그 부인의 집은 너무

84

먼 곳에 있어요. 저는 지금 녹초가 되었고 아기는
불쌍하게도 아주 굶주렸어요. 제가 가진 것은 이미
모두 팔아버렸죠. 다행히도 지금 있는 집의 주인아
주머니가 우리를 불쌍히 여겨 방을 주셨기에 망정
이지 그렇지 않았더라면 어떻게 살아갈 뻔했는지."

마틴은 한숨을 쉬고 말했다.

"따뜻한 옷은 없소?"

"날이 추워져 따뜻하게 옷을 입어야겠지만, 어제
하나밖에 없는 목도리를 20코페이카에 저당 잡혔
어요."

그 여인은 침대로 다가와 아기를 안았다. 마틴은
일어나 작은 벽께로 가서는 낡은 외투를 찾아냈다.

"낡기는 했지만 어떻게 사용할 수는 있을 거요."

마틴이 여자에게 외투를 내밀었다.

그녀는 노인을 바라보다가 외투를 받아들고는 울
음을 터뜨렸다. 마틴은 몸을 굽혀 침대 밑으로 기
어들어가 작은 옷궤를 끌어내 그 속을 뒤지고는 다

시 여인의 맞은편에 앉았다.

그녀가 말했다.

"신의 축복이 있길! 주께서 저를 당신의 창문으로 보내신 모양입니다. 당신이 아니었다면 아이가 얼어 죽을 뻔했어요. 집을 나설 땐 따뜻했는데 지금은 매우 춥군요. 주님께서 당신이 창문으로 내다보고 불쌍한 저를 측은히 여기도록 만드신 거예요."

마틴은 웃으며 말했다.

"정말로 주님께서 그렇게 하셨다오! 내가 창밖을 내다보고 있었던 것은 괜히 그랬던 게 아녔지요."

마틴은 병사의 아내에게 오늘 그를 보러 오겠다고 약속한 주님의 목소리를 들었던 꿈 이야기를 들려주었다.

"불가능한 일은 없지요."

그녀는 일어나 외투를 입고 그 속에 아기를 감싸 안았다. 그리고 다시 마틴에게 감사의 말을 했다.

"그리스도의 이름으로 이것을 받아요."

마틴은 20코페이카 주화를 주면서 말했다.

"저당 잡힌 목도리를 찾도록 해요."

그녀는 성호를 그었다. 마틴도 성호를 긋고 그녀를 배웅했다.

여자는 가버렸다. 마틴은 양배추 수프를 좀 먹고, 설거지를 한 뒤 일하기 위해 다시 의자에 돌아와 앉았다. 일을 하면서도 창밖을 내다보는 일을 잊지 않았다. 창문이 그늘지면 얼른 고개를 들어 누가 지나가는지 쳐다보았다. 여전히 아는 사람도 지나가고 모르는 사람도 지나갔지만 별달리 이렇다 할 일은 없었다.

문득 창문에 그늘이 드리워져 창밖을 바라보니 창문 바로 앞에 사과 장수 할머니가 서 있었다. 그녀는 사과를 담은 바구니를 들고 있었는데, 거의 다 팔았는지 바구니에는 사과가 얼마 남아 있지 않았다. 이제 집으로 돌아가는 길인 듯했다.

그녀는 나뭇조각이 가득 든 자루를 어깨에 메고

있었다. 아마 공사장에서 주운 모양이었다. 어깨에 걸친 그 자루는 무척 무거워 보였다. 그녀는 자루를 다른 쪽 어깨에 옮겨 멜 요량으로 사과 바구니를 작은 기둥에 올려놓고 자루를 보도 위에 내려놓은 다음 자루 속의 나뭇조각들을 추스르기 시작했다. 그런데 이 틈을 타 찢어진 모자를 쓴 작은 사내아이가 어디선가 나타나 바구니에 담긴 사과 한 개를 집어 들고 막 내빼려는 게 아닌가. 그것을 눈치챈 할머니가 재빠르게 돌아서 아이의 소매를 잡았다. 사내아이는 발버둥 치며 뿌리치려고 안간힘을 썼지만, 할머니는 두 손으로 사내아이를 잡고 모자를 벗기더니 머리칼을 움켜잡았다.

사내아이는 아픔을 참지 못해 소리를 질렀고 할머니는 아랑곳없이 마구 야단을 쳐댔다. 마틴은 송곳을 치울 겨를도 없이 마룻바닥에 던져놓고는 밖으로 뛰어나갔다. 층계에서 그만 넘어질 뻔해서 안경을 떨어뜨렸지만 그대로 뛰어나갔다.

할머니는 아이의 머리칼을 움켜잡고는 경찰한테로 가자고 윽박지르고 있었다. 그 아이는 변명을 하면서 죄를 부인했다.

"난 훔치지 않았어요. 왜 때려요? 이거 놔요!"

마틴은 그들을 떼어놓으려고 애쓰면서 말했다.

"할머니, 놓아주십시오. 그리스도의 이름으로 이 애를 용서해주세요."

"이 애가 1년 동안 잊지 못하도록 벌을 줄 거예요! 이 작은 악당 놈을 경찰서로 끌고 갈 거라구요."

마틴은 할머니에게 간절하게 말했다.

"이 애를 놓아주시구려, 할머니. 다신 그렇지 않을 거예요. 그리스도의 이름으로 놓아주십시오."

마틴의 간청에 할머니는 아이의 머리칼을 움켜쥐고 있던 손을 풀었다. 아이가 잽싸게 도망치려는 것을 마틴이 붙잡아 세우고 말했다.

"할머니께 용서를 빌어라. 이제 다시는 그런 짓을 하면 안 된다. 나도 네가 사과를 꺼내는 걸 봤단다."

완강하게 부인하던 아이가 마침내 눈물을 흘리면서 용서를 빌었다.

　"음, 이제 됐다. 자, 이 사과를 가져가거라."

　마틴은 바구니에서 사과 하나를 집어 사내아이에게 주고는 할머니에게 말했다.

　"할머니, 값은 제가 치르지요."

　"공연한 짓을 해서 건달 아이들의 버릇을 그르치지 말아요. 저런 애는 한 일주일쯤 잊어버리지 않도록 혼을 내줘야 하는데."

　"오오, 할머니, 할머니. 그거야 우리네들 방식이지 신의 뜻은 아니에요. 사과 한 개 때문에 이 아이를 때려야 한다면, 우리처럼 많은 죄를 지은 사람들은 도대체 어떤 벌을 받아야 하나요?"

　노파는 잠자코 있었다.

　마틴은 할머니에게, 주인이 머슴에게 큰 빚을 면제해주자, 그 머슴이 밖으로 나가 자기에게 빚을 진 사람을 괴롭혔다는 비유담을 들려주었다.

마틴의 이야기가 계속 이어졌다.

"주님께서는 죄를 용서하라고 말씀하셨습니다. 그렇지 않으면 우리들 역시 용서받을 수 없을 거예요. 어떤 사람이라도 용서해야 합니다. 하물며 철없는 아이야 오죽하겠어요."

할머니는 고개를 끄덕이며 한숨을 섞어 말했다.

"그야 그렇지만 이런 애들은 너무 버릇이 없는 게 문제예요."

"그러니 나이를 더 먹은 우리가 더 잘 가르쳐야만 해요."

"그래요. 나도 아이를 일곱이나 낳았지만 지금은 겨우 딸아이 하나만 남았지요."

이렇게 말한 할머니는 어디서 어떻게 딸과 함께 살고 있는지, 외손자가 몇인지 같은 것에 대해 얘기하기 시작했다.

"나도 이제는 늙어 기운이 없지만 아직 일을 더 해야 해요. 나는 손자들을 사랑해요. 착한 애들이지요! 그 애들만큼 날 환영해주는 사람은 없어요. 애니는 나 이외에는 누구한테도 가려고 하지 않아요. '좋은 할머니. 사랑하는 할머니.' 하면서 말예요."

할머니는 어느새 아주 다정해졌다.

"물론 저 애도 철이 없어서 그랬겠지만, 주님이 저 아이와 함께하길."

할머니는 소년을 가리키며 말했다.

노파가 자루를 어깨에 메려고 하자, 아이가 재빠르게 나서며 말했다.

"제가 들어다 드릴게요, 할머니. 저도 그 길로 가는 중이거든요."

할머니는 자루를 선뜻 아이에게 맡겼다.

그들은 나란히 길을 걸어 내려갔다. 할머니는 마틴한테서 사과 값을 받는 것을 까맣게 잊어버린 모양이었다.

마틴은 우두커니 서서 멀어져가는 두 사람의 뒷모습을 바라보았다. 할머니와 사내아이는 걸으면서 연방 무엇인가를 얘기하고 있었다. 그들이 시야에서 사라지자 마틴은 지하 방으로 가기 위해 몸을 돌렸다. 그리고 층계에 떨어져 있는 안경을 찾아냈는데 다행히 깨진 데는 없었다. 그는 송곳을 집어 들고 앉아 다시 일을 했다.

얼마나 시간이 흘렀는지 어느새 날이 저물어 바느질을 제대로 할 수가 없었다. 얼마 안 있어 점등인이 가로등을 켜기 위해 지나가는 것이 보였다.

불을 켜야겠다고 생각한 마틴은 램프에 불을 댕겨 그것을 걸고, 앉아서 다시 바느질을 시작했다. 한쪽 장화 일을 끝낸 뒤 그것을 뒤집어 살펴보았다. 바느질이 아주 잘 되어 있었다. 도구를 치우고 가죽 부스러기를 쓸어낸 다음 털과 동강이를 치우고는 램프를 테이블 위에 올려놓았다.

선반에서 성서를 꺼내 어제 가죽 조각으로 표시해둔 데를 펼치려고 했는데, 다른 데가 펼쳐졌다. 성서를 펼치자 어젯밤의 꿈이 다시 생각났다. 꿈이 생각남과 동시에 누군가가 그의 뒤에서 왔다 갔다 하는 소리가 들리는 듯했다. 뒤를 돌아다보니 어두 컴컴한 구석에 사람들이 서 있는 것처럼 보였지만, 그들이 누구인지는 알 수 없었다. 어떤 목소리가 마틴의 귀에 대고 소곤거렸다.

"마틴, 아, 마틴! 나를 모르겠소?"

"누구요?"

마틴이 중얼거렸다.

"나 말이오."

목소리가 말했다.

"나요."

스테파니치가 어두운 구석에서 앞으로 나오며 웃고는 구름처럼 희미해지더니 이내 사라졌다.

"그건 저예요."

다른 목소리가 말했다. 그러고는 어둠 속에서 팔에 아기를 안은 여인이 나타났다. 여인과 아기가 미소를 짓고는 역시 사라졌다.

"그건 나요."

다른 목소리가 계속 들려왔다. 그러고는 할머니와 사과를 든 사내아이가 나타나서 같이 환하게 웃고는 역시 사라졌다.

마틴은 마음이 즐거웠다. 성호를 긋고 안경을 쓰고는 성서의 펼쳐진 곳을 읽기 시작했다. 윗부분에 다음과 같은 내용이 쓰여 있었다.

"너희는 네가 주렸을 때에 먹을 것을 주었고, 목말랐을 때에 마실 것을 주었으며, 나그네가 되었을 때 영접했고……."

그 페이지의 아래쪽에서 그는 이런 것을 읽었다.

"내 형제 중에 지극히 보잘것없는 한 사람에게 행한 것이 곧 내게 한 것이니라."

이 글을 읽던 마틴은 그의 꿈이 실현되었다는 것을 알았다. 이날 정말로 그리스도가 자기에게 왔고, 자신이 그를 영접했다는 사실을 그제야 비로소 깨달은 것이다.